AF423384

9 789948 782957

تريندز للبحوث والاستشارات
TRENDS RESEARCH & ADVISORY

دور العراق الإقليمي في ظل التحولات التي تشهدها المنطقة.. الواقع والمستقبل

عباس عبود سالم

ورقة سياسة (27)

سبتمبر 2023

مركز تريندز للبحوث والاستشارات

يُعد مركز تريندز للبحوث والاستشارات مؤسسة بحثية مستقلة تأسس عام 2014، ويهتم باستشراف المستقبل في جوانبه الاستراتيجية والسياسية والاقتصادية، وتتبع القضايا العالمية المختلفة. كما يهدف المركز إلى تحليل الفرص والتحديات على مختلف الصعد الجيوسياسية الراهنة، وما تحمله من متغيرات محتملة، مع محاولة إيجاد إجابات وتفسيرات علمية وموضوعية من شأنها المساهمة في التأثير في اتجاهات الأحداث مع مراعاة نواحي التحليل والنقد والاستشراف.

ويقدم المركز من أجل تحقيق غاياته العلمية، دراسات رصينة ذات أبعاد استشرافية مستقبلية، ويطرح أفضل البدائل الممكنة لمساعدة صنّاع القرار في معرفة التطورات الإقليمية والدولية بشكل أعمق، والاستفادة مما توفره من فرص. كما يقوم المركز برصد الاتجاهات والتغيرات الاستراتيجية والاقتصادية والإقليمية والدولية، بشكل أعمق، والاستفادة مما توفره من فرص، والتنبؤ بآثارها المستقبلية، وذلك وفق الضوابط العلمية المتعارف عليها دولياً لدى أعرق مراكز التفكير والبحث العلمي.

المحتويات:

ملخّص تنفيذي

منــذ عــام 1980 وحتـى 2003 كان العــراق طرفًـا في ثلاثـة حـروب متتاليـة حملـت جميعها اسـم «حـرب الخليـج»، وقـد شـاءت الأقـدار أن يكـون هـذا البلـد، خلال العقدين الأخيريـن مـن القرن الماضي، طرفًـا أساسـيًّا في صراعاتها وسـببًا مباشـرًا في انقسـام المنطقة. ولكـن لم تكـن هـذه هـي صـورة العـراق على الـدوام، بـل تبايـن دوره وتـأثيره مـن حقبـة إلى أخـرى. فمنـذ تأسيـس دولتـه الحديثـة قبـل أكثر مـن مئـة عـام، اختلـف دور العـراق في عهـده الملكي الـذي تأسـس عـام 1921 واستمر 37 عامًـا عـن العـراق الجمهـوري منـذ بدايتـه عـام 1958 إلى غايـة اليـوم، وفي العهـد الجمهـوري اختلفـت الجمهوريـة العراقيـة بنسـختها العسـكرية الأولى، عـن حقبـة البعـث الممتـدة مـن 1968 إلى غايـة 2003، وأخيرًا جمهوريـة العـراق بصورتهـا الاتحاديـة التـي تتبنـى النظـام البرلماني التوافقـي الـذي تأسـس بعـد سـنة 2003 بنظـام يختلـف عـن الأنظمـة السـابقة مـن حيـث مركـز السـلطة ومصدرهـا وقـوة قرارهـا، وقـد اختلـف بطبيعـة الحـال، بصـورة موازيـة تـأثيره فيمـن حولـه، فتـارة يكـون هـذا البلـد عامل اسـتقرار وتـوازن في المنطقـة، وتـارة أخـرى يتحـول إلى عامـل قلـق وعـدم اسـتقرار، وهـو مـا يدفع دول المنطقة إلى أن تضرب حولَه طوقًا من العزلة والإقصاء.

وبعـد عشريـن عامًـا مـن الصراعـات والتجـارب والمشاريـع التـي أعقبـت آخـر حـروب الخليـج سـنة 2003، وهـي الحـرب التـي أسـقطت النظـام الشـمولي في العـراق وأفـرزت دولـةً ذات نظـام برلمـاني فيدرالـي، لم يتسـنَّ للعـراق الاندمـاج في المنطقــة وممارسـة دوره الـذي يتناسـب مـع مقوماتـه الجيوسياسـية وثوابـت سياسـته الخارجيـة الجديـدة التي تقـوم على حسـن النيات والانفتـاح على جـواره العربي والإسلامي.

فمنـذ نهايـة الحـرب البـاردة إلى اليـوم لم تسـتقر منطقـة الشرق الأوسـط التـي تحولـت إلى بـؤرة للصراعـات والانقسـامات والاستقطابات والمطامع الخارجيـة، إذ تفاعلـت الأحـداث التـي نسـجتها الفواعـل الرئيسـية؛ أي الـدول، والثانويـة التـي نشـطت في تنظيمـات أو أحـزاب أيديولوجيـة مسـلحة، واختلفت الأدوار في ظل قوة النفـوذ والتأثير الأمريكي أو في سـنوات تراجع هـذا النفـوذ، والقاسـم المشترك في كل المراحـل هـو تهميـش العـراق وعـزل إيـران والتقـارب الحـذر مـع إسرائيـل، مـع البحث عن معادلة استقرار تضمن مصالح الأطراف الأكثر قوة وتأثيراً.

إنّ الحاجـة إلى دور إقليمـي للعـراق تبلـورت بعد اشتداد حدة التنافس والصراع بين مثلـث القـوى الموجـودة في منطقـه الخليج العربي؛ الولايـات المتحـدة بوصفهـا فاعلًا دوليًـا، وإيـران بوصفها قوة إقليميـة تطمـح إلى استعادة مكانتها الإقليميـة، أمـا الطـرف الثالـث فيتمثـل في منظومـة مجلس التعاون الخليجـي بقيادةٍ سـعودية تحـاول الدخـول منفـردة طرفًـا فاعلًا في هـذا الصراع، والظهـور بصفتها قوة إقليميـة يمكنها قيادة تحالف إقليمي والاستغناء عن المظلة الأمريكية.

وفي ظل هـذه المرحلـة التـي وصلـت فيها دول المنطقـة إلى حالة الوئـام و«تصفير الأزمـات» والاندفـاع نحـو «خفض التصعيد» والتطبيـع مـع إيـران وإعـادة سـوريا إلى المنظومـة الإقليميـة العربيـة، يكـون مـن المنطقـي والمفيد الاتجـاه نحـو إعـادة العـراق إلى دوره المحـوري في النظـام الإقليمـي العربي والخليجـي الـذي كان عليـه، قبـل تسـعينيات القرن الماضي، والعراق بوضعـه الحالـي يمكـن أن يكـون عامـل توازن واستقرار عربيًا وخليجيًا وشرق أوسطيًا وفق عناصر القوة التي يمتلكها.

مقدمة

تبايَـن دور العراق في المنطقـة مـن قيـادة تفاعلاتها إلى مقاومـة تهميشـه نتيجـة حصـول تفـاعلات جديـدة، فقـد ارتبـط بالحروب الثـلاث التـي حملـت اسـم «حـرب الخليـج»[1] منـذ 1980 حتـى 2003، وكان العـراقُ الطـرفَ الثابـت فيهـا ومحورَها الأسـاسَ، ولم تكـن بدايـة نشـأة الدولة الحديثـة في العراق تشـبه حاضره، فمنـذ تأسـيس دولتـه الحديثـة قبـل أكثـر مـن مئـة عـام اختلـف دور العـراق الملَكي عـن العـراق الجمهـوري، وفي العهـد الجمهـوري اختلفت الجمهوريـة العراقيـة في نسـختها العسـكرية الأولى التـي تأسـت سـنة 1958عـن حقبـة البعـث الممتـدة مـن 1968إلى غايـة 2003، وأخيـرًا فـإن العـراق البرلماني التوافقـي الـذي تأسـس بعـد سـنة 2003 بنظـام يختلـف عـن الأنظمـة السـابقة مـن حيـث مركـز السـلطة ومصدرهـا وقـوة قرارهـا، فتـارة يكـون هـذا البلـد عامـل اسـتقرار وتـوازن في المنطقـة، وتـارة أخـرى يتحـول إلى عامـل قلـق وعـدم اسـتقرار فتضـرب دول المنطقة حوله طوق العزلة والإقصاء.

وبعـد عشـرين عامًـا مـن الصراعـات والتجـارب والمشـاريع التـي أعقبـت آخـر حـروب الخليـج سـنة 2003؛ وهـي الحـرب التـي أسـقطت النظـام الشـمولي في العراق وأفـرزت دولـةً بنظـام برلمـاني فيـدرالي توافقـي، لم يتسـنَّ للعـراق الاندمـاج في المنطقـة وممارسـة دوره الـذي يتناسـب مـع مقوماتـه الجيوسياسـية وثوابت سياسـته الخارجية الجديـدة التـي تقـوم على حسـن النيّـات والانفتـاح على جـواره العربي والإسـلامي

ليكـون جسـرًا للحـوار، وعـاملًا لتـوازن القـوى في منطقـة تعيـش صراعـات بيْنيـة وتفـاعلات وجوديـة، وخلافـات بين محـاور وأقطـاب مـن الصعـب أن تجـد لنفسـها معادلة توازن ترضي جميع أطرافها.

والعـراق الـذي تجـاوز أصعـب المراحـل يقـدم نفسـه اليـوم وصفـة تـوازن رابحـة، ويعلـن أن أرضـه مؤهلة لتكـون قناة اتصـال بين ضفتـي الخليـج، أو بين أطـراف منطقـة غـرب آسيا التي يرغب الجميـع اليـوم في البحـث عـن تـوازن يـرضي جميـع أطرافهـا، فهـل تتمكـن بغـداد مـن إيجـاد بيئـة جامعـة للمختلـفين لتذكّر الأشقـاء العرب بأنها ربما تكـون هـي الحلقـة المفقـودة في نجاح أي مشروع إقليمي؟

تحـاول هـذه الورقـة الإجابـة عـن السـؤال الرئيـسي الـذي تتمحـور حولـه مفرداتها وهـو: هـل تشـهد المرحلـة المقبلـة دورًا أساسـيًا للعـراق في المنطقة ينهي مراحـل العزلـة وعـدم الثقـة التي اسـتمرت منـذ نهايـة الحـرب البـاردة إلى اليـوم؟ ومـن خلال السـؤال الرئيـسي تحـاول الورقـة الإجابـة عـن أسـئلة فرعيـة تتعلـق بالمحـددات والدوافـع والفرص الجديـدة التي تدفع بإعـادة العـراق إلى دوره الـذي يتناسـب مـع مكانتـه التاريخيـة، كما تحـاول الورقة إيجـاد تصنيـف للمرحلـة التاريخيـة الراهنـة التي جـاءت نتيجـة مخاض صعب عاشـته المنطقة منـذ تراجـع الهيمنـة الأمريكيـة، وفي هـذا الإطـار تُقسـم الورقـة إلى أربعـة عناصـر رئيسـة؛ العنصـر الأول يتنـاول واقـع المنطقـة والتحـولات الجيوسياسـية والاستراتيجيـة فيهـا على المسـتوى العـربي والشـرق أوسـطي والخليجـي، ويسـتعرض العنصـر الثـاني التحـولات السياسـية في العـراق على مسـتويات الوضـع الـداخلي وطبيعـة القـوى الحاكمـة وثوابـت السياسـة الخارجيـة للعـراق ومتغيراتها، أمـا العنصـر الثالـث فيتنـاول العراق ودوره بصفتـه عامـل اسـتقرار وتـوازن في المنطقـة، فيما يتمحـور العنصـر الأخير حـول خيارات المسـتقبل وتأثير دور العراق عربيًا خليجيًا وشرق أوسطيًا.

أولًا- واقع المنطقة والتحولات الجيوسياسية والاستراتيجية فيها

خلال العقود الأخيرة تغيرت معادلات القوة والتوازن وانتقل مركز التأثير إلى منطقة الخليج، مما عزز من اندفاع القوى الكبرى باتجاه هذه المنطقة الأكثر حيوية وتوترًا، إذ يوشك مصير الشرق الأوسط أن يتقرر اليوم في الخليج الذي أصبح النفوذ فيه أو السيطرة عليه رهانًا استراتيجيًا رئيسًا، ليس بالنسبة إلى شعوب المنطقة فحسب، وإنما بالنسبة إلى القوى الدولية والعالم أجمع»[2].

نحاول هنا تصنيف واقع المنطقة في وضعيات مختلفة ثلاث؛ في حال وجود النفوذ والدور الأمريكي، وفي وضع غيابه، وفي مرحلة البحث عن بديل يلائم المرحلة الراهنة بكل تناقضاتها. فمنذ نهاية الحرب الباردة إلى اليوم لم تستقر منطقة الشرق الأوسط التي تحولت إلى بؤرة للصراعات والانقسامات والاستقطابات والمطامع الخارجية، إذ تفاعلت الأحداث التي نسجتها الفواعل الرئيسة؛ أي الدول، والثانوية التي نشطت في شكل تنظيمات مسلحة أو أحزاب أيديولوجية مسلحة، واختلفت الأدوار في ظل قوة النفوذ والتأثير الأمريكي أو في سنوات تراجع هذا النفوذ، والقاسم المشترك في هذه المراحل كلها هو تهميش العراق وعزل إيران والتقارب الحذِر مع إسرائيل، مع البحث عن معادلة استقرار تضمن مصالح الأطراف الأكثر قوة وتأثيرًا. وبذلك تكون لدينا معادلتان للنظام الإقليمي العربي؛ المعادلة الأولى تتمثل في طبيعة النظام الإقليمي العربي في

---

2. برهان غليون، الخليج في قلب العالم، الحوار المتمدن، العدد 1995، 2 أغسطس 2007، على الرابط:

https://2u.pw/rpmwsED

ظـل قـوة الـدور الأمريكي في المنطقـة، والمعادلـة الثانيـة تتمثـل في صـورة النظام الإقليمـي العـربي في ظـل تراجـع الـدور الأمـريكي، مـع الحاجـة إلى معادلـة جديـدة أخـذت بوادرهـا تظهـر بعـد إعـادة العلاقـات العربيـة مـع سـوريا والتقـارب الإيـراني الخليجي وما سبقهما من أحداث.

1. النظـام الإقليمي العـربي في ظـل قـوة الـدور الأمريكي (معادلـة الاستقرار الشكلي)

استمرت هـذه المعادلـة عقـدًا كامـلًا، امتـد مـن نهايـة الحـرب البـاردة عـام 1991 إلى هـجمات 11 سـبتمبر 2001، وتميـزت صـورة النظـام الإقليمـي العـربي في هـذه المرحلـة باسـتقرار شـكلي، وفقًـا لمعادلـة هيمنـة المثلـث العـربي (السـعودي - المصري - السـوري) مقابـل إقصـاء إيـران والعـراق وانصـراف تركيـا إلى التركيـز على الانـضمام إلى أوروبـا بعـد تراجـع أهميتهـا أمريكيًـا نتيجـة انتهـاء الحـرب البـاردة[3]، رافـق ذلـك توقيـع اتفاقيـات تاريخيـة مهمـة مـع إسـرائيل، مـع انطـلاق مؤتمـر مدريـد للسـلام بين العـرب وإسـرائيل عـام 1991، وتوقيـع اتفاقيـة أوسلو بين إسـرائيل ومنظمـة التحريـر الفلسطينية عـام 1993 التـي اسـفرت عـن تشـكيل السـلطة الفلسـطينية[4]، ثـم معاهـدة السـلام الأردنيـة الإسرائيليـة المعروفـة باسـم اتفاقيـة «وادي عربة» عام 1994.

فقـد تغيرت المعادلـة الجيوستراتيجية في المنطقـة لمصلحـة الولايات المتحدة وحلفائهـا بعـد حـرب الخليـج الثانيـة 1991، وتمكنـت واشـنطن مـن اغتنـام ثـلاث منحٍ اسـتراتيجية في الشرق الأوسط بعـد حسم الحرب الباردة لمصلحتها:

---

3. مـروان قبـلان، صعـود تنظيـم الدولـة الإسلاميـة وتحـولات النظـام الإقليمـي في المشرق العـربي، مجلـة سياسـات عربية، المركـز العربي للأبحاث ودراسة السياسات، الدوحة، العدد 12، يناير 2015، ص 10، على الرابط:
https://bit.ly/3Hr7Myw

4. اتفاق أوسلو، الجزيرة نت، 13 سبتمبر 2023، على الرابط: https://2u.pw/OidD7T

- **الأولى:** نجاحها في ملء الفراغ السوفيتي بشكل مباشر، أو من خلال حلفائها الإقليميين؛ خاصة في باب المندب والقرن الأفريقي والبحر المتوسط.

- **الثانية:** نجاحها في تحرير الكويت بعد حرب الخليج الثانية 1991، ما أكسبها شرعية أخلاقية مكّنتها من بسط هيمنتها وإعادة تموضع قواتها في الخليج.

- **الثالثة:** تصفيتها للقضية الفلسطينية من خلال اتفاقية أوسلو ومؤتمر مدريد للسلام وما تبعه من تطورات.

أدّى ذلك كلّه إلى تغييرات جوهرية في علاقات القوى في المنطقة، إذ خرج الشرق الأوسط من دائرة التجاذبات الدولية وأصبح تحت الهيمنة الأمريكية المطلقة[5].

2. النظام الإقليمي العربي في ظل تراجع الدور الامريكي (معادلة الصراع والتنافس)

تمتد هذه الحقبة من بداية ولاية الرئيس الأمريكي باراك أوباما عام 2009 وكانت أبرز مظاهرها ما عُرف بثورات الربيع العربي عام 2010 واستمرت هذه الحقبة المليئة بالأحداث والتطورات إلى غاية الانسحاب الأمريكي من أفغانستان عام 2021. ويمكن تقسيم معادلات التأثير وتوازن القوى الإقليمية في ظل تراجع الدور الأمريكي في هذه المرحلة إلى أربع مراحل، كلّ مرحلة اختلفت فيها معادلات التأثير ودور الفواعل من داخل النظام وخارجه.

---

5. المصدر نفسه.

المرحلـة الأولى: الربيـع العـربي (سـقوط النخـب الحاكمـة وصعـود الإسلام السياسي)

ارتبطت هـذه المرحلـة ببدايـات التراجـع الأمـريكي في المنطقـة، وقـد ظهـر أول ملامحهـا مـا يعـرف بثـورات الربيـع العربي في ديسـمبر2010 والانسـحاب الأمـريكي مـن العـراق في ديسـمبر2011، وانتهـت بصعـود تنظيـم الدولـة «داعـش» في صيـف عـام 2014، وشـهدت أحـداثًا مهمـة أبرزهـا مقتـل الزعيـم الليبـي معمـر القـذافي على يـد معـارضين لـه في 2011، وفـوز محمـد مـرسي برئاسـة مصر في 2012 ثم إطاحتـه في صيـف 2013، واشـتعال الحـروب الأهليـة في سـوريا واليمـن، ومنـع رئيس وزراء العراق نوري المالكي الولايةَ الثالثة بالرغم من فوزه الكاسح في الانتخابات 2014.

ومثّلت هـذه المرحلـة تراجـع الـدول العميقـة أمـام تعاظـم قـوة الشـارع، وصعـود المـدّ الإخـواني مـع تراجـع دور النخـب التقليديـة، وكذلـك تعاظـم دور وسـائل الإعلام في صناعـة القـرار وتأثيرهـا فيـه؛ بالإضافة إلى دخول وسـائل التواصل الاجتماعـي بوصفهـا أداة لتعبئـة الـجماهير. أمـا موقـف الولايـات المتحـدة فقـد حاولـت إدارة أوبامـا العمـل مـع الإسلاميـين ودعمهـم مـن أجـل دفعهـم نحـو الاعتـدال»، ولكـن الإسلاميـين أثبتـوا اهتمامهـم بطـرح أجنداتهـم المتطرفـة أكثر مـن اهتمامهم بالانفتاح والديمقراطية[6].

المرحلة الثانية: الفوضى والحروب الأهلية

تمتـد هـذه المرحلـة مـن صعـود داعـش عـام 2014 إلى فـوز ترامـب عـام 2016، وكان مـن أبـرز ملامحها عـودة الـدول العميقـة إلى صـدارة المشـهد، وتعاظـم دور الفواعل الثانويـة؛ أي الأحـزاب الأيديولوجيـة والفصائـل المسـلحة وأجهـزة المخابرات على حسـاب الـدول، وتغـوّل التنظيمـات المتطرفـة العابـرة للحـدود، وبـروز التحالفـات والتفاهمـات

---

6. جايمـس كارافانـو، «حيلـة الربيـع العربي.. كيف خـدع الإخـوان المسـلمون واشـنطن في سـوريا وليبيـا»، ذا ناشـيونال إنتريست ترجمة موقع كيوبوست، (10 نوفمبر 2021). https://2u.pw/uq4a33.

الوقتيـة بيـن حكـام الـدول على حسـاب المنظمات التـي كانت تتصدر مشـهد توازن القـوى الإقليمي مثـل جامعـة الـدول العربية ومجلـس التعـاون الخليجـي، مـع تراجع النخب التقليدية وتنامـي الحركات الشعبوية، فقد شهد عـام 2014، تأسـيس إمارة إرهابيـة على الأرض العراقيـة والسـورية مـن قبـل تنظيـم الدولة «داعـش»، وتمكّـن الحوثيون من السيطرة على صنعاء، وإعلان الروس ضم جزيرة القرم[7].

وشـهد عـام 2015 توقيـع الاتفـاق النـووي الإيرانـي مـع 1+5، ودخـول قـوات التحالـف العـربي بقيـادة المملكـة العربيـة السـعودية بوصفهـا لاعبًـا أساسيًـا في المشـهد اليمنـي، وقـدوم القـوات الروسية إلى الشرق الأوسط لاعبًا أساسيًا لمصلحة النظـام في الحـرب الأهليـة السـورية، وجسـدت هـذه الأحـداث واقـع التراجع الأمـريكي وانهيـار النظـام الإقليمـي في الشرق الأوسـط مـن دون وجـود بارقـة أمـل لمعادلة توازن جديدة[8].

المرحلة الثالثة: الخيارات الصعبة

تُعـدّ هـذه المرحلـة هـي الأطـول والأهـم، وتكمـن أهميتها في كونها تحمل تراكمات المراحل السـابقة وحتمية الخروج بمعادلة استقرار دائمـة، امتـدت هذه المرحلـة مـن فـوز ترامـب عـام 2016 إلى الانسـحاب الأمـريكي مـن أفغانسـتان عـام 2021. وعرفت هـذه الحقبـة أحداثًـا متداخلـة، أبـرز مظاهرها «تقـارب المختلفين واخـتلاف المتقـاربين»، إذ شـهد عـام 2016 تقـارب روسيا مـع السـعودية تحت مظلـة «أوبـك بلـس»، وتزامـن ذلك مـع زلـزال سـياسي حصـل في الغـرب على إثـر تراجـع الديمقراطيـين وصعـود الحـركات اليمينيـة والشـعبوية وخـروج بريطانيـا مـن الاتحـاد الأوروبي، ثـم الحـدث الأهـم الـذي تمثـل في فـوز دونالـد ترامـب برئاسـة

<hr>

7. القرم تروي قصة تاريخها «المتجذر» في روسيا، وكالة سبوتنيك (روسيا: 19 إبريل 2023). https://2u.pw/Qvz6PZ

8. فولكـر بيرتيـس، التحـولات الجيوسياسـية في الشرق الأدنى والأوسـط. ربيـع الجهاديـة واندثـار المعالـم الإقليميـة الشرق أوسـطية، ترجمة رائد الباش، موقع قنطرة، (11 إبريل 2015). https://2u.pw/AXG1TEs

الولايات المتحدة الأمريكية، وبداية نهضة سياسية واقتصادية في المملكة العربية السعودية بقيادة الأمير محمد بن سلمان، وشهد صيف عام 2017 الأزمة الخليجية مع قطر بتشجيع من إدارة الرئيس دونالد ترامب[9]. وتظلّ ذروة الخيارات الصعبة هي إقناع عدد من دول المنطقة بالدخول في اتفاقيات تطبيع مع إسرائيل برعاية أمريكية هي «اتفاقات إبراهام للسلام» التي وُقّعت في سبتمبر 2020[10]، وانتهت هذه المرحلة بصدمة انهيار الحكومة الأفغانية وعودة طالبان إلى حكم أفغانستان بعد انسحاب القوات الأمريكية في خريف 2021.

المرحلة الرابعة: خفض التصعيد

بدأت هذه المرحلة بعد انسحاب القوات الأمريكية من أفغانستان في أغسطس 2021، وقد تجلّت بمثابة «كشف حساب» المراحل الثلاث الماضية، ثم إيجاد معادلة جديدة تضمن السلام والاستقرار. لم تكن نتيجة الخيارات الصعبة في مستوى الطموح، لذلك حاولت إدارة بايدن إعادة ترتيب أوراقها مع شركائها في المنطقة لتحقيق مكاسب بفاتورة أقل، فعملت على إعادة ترتيب الأوراق مع حلفائها لإيجاد معالجة مختلفة للتوتر والصراع في المنطقة بعيدًا عن سياسة «أقصى الضغوط» التي كان يمارسها ترامب ضد إيران، وعلى هذا الأساس تبنت إدارة بايدن عملية جمع حلفائها وفق منهج جديد هو «خفض التصعيد»[11].

9. كريستين سميث، «لماذا أنهى السعوديون خلافهم مع قطر، معهد دول الخليج العربية في واشنطن»، مدونة ديوان، (8 فبراير 2021). https://bit.ly/3M0dUz6

10. وجم ا. ماهر، «بعد عامين من إطلاقها، اتفاقات إبراهام للسلام تؤتّي ثمارها»، معهد واشنطن لسياسة الشرق الأدنى، (واشنطن 26 أكتوبر 2022). https://2u.pw/SZFULm

11. عيسى نهاري، هل تصمد «عقيدة بايدن» أمام أسلافه؟، إندبندنت عربية (18 فبراير 2023). https://bit.ly/3Bg6DGF

أمـا دول المنطقـة فعلـى الرغـم مـن اقتناعهـا أكثـر مـن أي وقـت سـابق بــ «خفـض التصعيـد»، فإنهـا لم تسـتجب للرغبـات الأمريكيـة-الإسرائيليـة المشتركـة في تشكيل تحالفات أمنية أو عسكرية لمواجهة التهديدات الإيرانية[12].

3. البحث عن معادلة جديدة لنظام إقليمي جديد

يوجـد أكثـر مـن سـبب يدعـو دول المنطقـة إلى البحـث عـن معادلـة جديـدة لنظـام إقليمـي أكثـر اسـتقرارًا، وربمـا هنـاك أكثر مـن سـيناريو لتحقيـق هـذا الهـدف، بعـد أن أثبتـت التجـارب أن تحجيـم دور الفواعـل الثانويـة، مثـل التنظيـمات والأحـزاب المسـلحة، والاعـتماد على الفواعـل الرئيسـية مـن داخـل النظـام الإقليمـي أي الـدول، هـو الضامـن للحصـول على أمـن مسـتدام بعـد أن فشـل الرهـان على المشـاريع والمبـادرات الخارجيـة لاسـيما الأمريكيـة في ضبـط إيقـاع المنطقـة نتيجـة جملة من الأسباب أبرزها:

- إخفـاق العقوبـات الاقتصاديـة التـي فرضتهـا واشـنطن علـى طهـران في توفير الاستقرار والأمن[13].

- محدوديـة فاعليـة الضمانـات الأمنيـة التـي توفّرهـا واشـنطن لحلفائهـا العـرب حين شـنّ الحوثيـون، حلفـاء إيـران، هـجمات بالطائـرات المسـيّرة والصواريـخ على منشـآت نفطيـة ومواقـع اسـتراتيجية سـعودية في 2019 فضلًا عن شنّهم هجمات على الإمارات العربية المتحدة[14].

---

12. إحسـان الفقيـه، قمـة «جـدة للأمـن والتنميـة».. هـل يربـح الجميـع؟ (تحليـل)، وكالـة الأناضـول للأنبـاء (إسـطنبول، 19 يوليو 2022). https://bit.ly/3Mle59N

13. Anna Jacobs, Dina Esfandiary, How Beijing Helped Riyadh and Tehran Reach a Détente, The International Crisis Group,)17 March 2023). https://bit.ly/42QGQR6

14. مايـكل يونـغ،» كيـف يسـتقرئ خبراء كارنيغـي تـأثير الاتفـاق السـعودي الإيـراني على مجـالات تخصّصهـم؟»، مركـز مالكوم كير-كارنيغي للشرق الأوسط (16 مارس 2023). https://bit.ly/40NQ27e

- فتـور إدارة الرئيس الأمريكي جـو بايـدن في التعاطـي مـع مشـاريع الرئيس السـابق دونالـد ترامـب في الشرق الأوسـط التـي تمثلت في الانسـحاب مـن الاتفاق النووي مع إيران وتوقيع الاتفاقات الإبراهيمية [15].

- قصـور إدارة بايـدن في إدراك هواجـس حلفائهـا التقليديـين في الشرق الأوسط [16].

- الانسـحاب الأمريكـي مـن أفغانسـتان صيـف عـام 2021 عمّـق الانطبـاع لـدى دول الخليـج بأنهـا لا تسـتطيع الاعتمـاد على الولايـات المتحـدة لحماية أمنها [17].

- تأثـيرات الحـرب الروسـية-الأوكرانية التـي منحـت زخـمًا قويًـا لعصـر التنافس الجيوسياسي العالمي الجديد [18].

ومـن خلال مـا تقـدم يبـدو أن المنطقـة في حاجـة إلى معادلـة تـوازن جديـدة سـتكون فرصتها أكبر للنجـاح إذا اسـتوعبت جميـع وحدات النظـام الإقليمـي، وبالتأكيد سـتكون عملية إعـادة العراق إلى دوره بوصفه عاملَ تـوازن في المنطقـة في مقدمة عوامل نجاح هذه المعادلة التي تتمحور حول ثلاثة أمور جوهرية:

- **الأمـن المسـتدام**: التصور الأرجـح أن ينبـع مـن داخـل النظـام الإقليمـي وليـس مـن خارجـه، مـن خلال تعزيـز دور الـدول وتحجيـم دور الفواعل

15. سفير ترامب في إسرائيل يقول إن الرئيس الأمريكي السابق كان محبوبًا هنـاك – الأوبزرفر، بي بي سي (13 فبراير 2022). https://2u.pw/DmXeQs

16. روعـة قـفصي، هـل تنهار اتفاقات التطبيع العربية مع الاحتلال وسـط تراجع الـدور الأمريكي؟، عربي 21، (23 مارس 2023). https://bit.ly/3n9bjuy

17. آرون ماجـد، محمـد برهومـة،» كيـف تتلقـى دول الخليج الانسـحاب الأمريكي مـن أفغانسـتان»، مؤسسـة كارنيغـي للسـلام الدولي، (17 سبتمبر 2021). https://bit.ly/44TXkJP

18. محمود علوش، حرب أوكرانيا أعادت تشكيل الشرق الأوسط، الجزيرة نت (28 فبراير2023). https://bit.ly/3Bgz7A2

الثانويـة، والاسـتمرار في سياسـة التقـارب وخفـض التصعيـد، والتعـاون في مكافحـة الإرهـاب والتطـرف وإيجـاد حلـول تضمـن الاسـتقرار المسـتدام في سوريا وليبيا واليمن والسودان.

- **التعـاون والشـراكـة**: تعزيـز مؤسسـات العمـل العربـي المشـترك وفتـح قنـوات أوسـع للتواصـل ومضاعفة التبـادل التجـاري بين دول المنطقـة، والعمـل على معالجـة آثـار تداعيـات أزمـة كورونـا واسـتيعاب المتغيـرات العالميـة والدفـع باتجـاه جعـل الشرق الأوسـط مسـاحةً للتواصل بين آسيا وأوروبا.

- **الابتعـاد عـن الاسـتقطاب الـدولي**: إيجـاد رؤية متقاربـة لتقييـم الصراع الـدولي للوقـوف بصـورة حياديـة إزاء الصراع الـدولي بين الشرق والغـرب والتعاطـي مـع الصين بجديـة بوصفها لاعبًا أساسيًّا في التنافـس الـدولي وقوةً اقتصاديةً مهمةً.

ثانيًا- التحولات السياسية في العراق على مستويات الوضع الداخلي وطبيعة القوى الحاكمة

منذ عام 2014 حتى عام 2023، وبينما تعيش المنطقة حالة صراع وعدم استقرار، شهد العراق تحولات جذرية على جميع المستويات انتهت به إلى مرحلة الاستقرار الحذر التي يعيشها اليوم وتؤهله تمامًا لاستعادة دوره بوصفه عامل توازن إقليمي. ففي هذه الحقبة الزمنية سقط ثُلث مساحة العراق بيد تنظيم الدولة الإسلامية «داعش» الذي نجح في تأسيس إمارة إسلامية بين سوريا والعراق، لكن سرعان ما نجحت القوات العراقية، وبدعم دولي غير مسبوق، في إلحاق الهزيمة بالتنظيم الإرهابي وتحرير المدن العراقية. كانت الأحداث تسير جنبًا إلى جنب مع رغبة العراق في دور إقليمي يتناسب مع مكانته الجيوسياسية والحضارية وإرثه التاريخي، لكن التطورات السياسية والاقتصادية الموازية للنصر العسكري لم تكن على ما يرام، من حيث التركة الثقيلة والتكاليف الباهظة والمخرجات السياسية التي أضاعت القيمة السياسية للنصر.

وسنحاول استعراض أهم النقاط المفصلية لهذه الحقبة الزمنية وتحليلها من خلال أربع صور مرّت بالعراق منذ سقوط الموصل على يد تنظيم الدولة «داعش» إلى اليوم وهي؛ النفوذ الخارجي، الاحتجاج الشعبي، الانسداد السياسي، الاستقرار النسبي.

الصورة الأولى: التدخل والنفوذ الخارجي

مـا إن تمكـن العـراق مـن تصفيـة الاحتـلال الأمريكـي وإخـراج قواتـه عـام 2011 حتـى وقـع ضحيـة كارثـة سياسـية أمنيَّـة، بعـد ان سـقطت الموصـل ومحافظـات أخـرى صيـف عـام 2014 في قبضـة تنظيـم إرهابـي هـو الأكثـر وحشـية، وقـد نجـح التنظيـم الإرهابـي في تأسـيس إمـارة إرهابيـة في منطقـة حيويـة مركزهـا مدينـة الموصـل، لكـن العـراق تمكـن مـن اسـتعادة أرضـه بعـد معـارك شرسـة. وفي خريـف 2017 أعلـن العـراق النـصر وإسـقاط «دولـة الخلافـة»، بعـد ثـلاث سـنوات مـن سيطرة التنظيم المتشدد على نحو ثلث أراضي العراق[19].

لكـن الكلفـة الكـبرى مـن التبعـات الاقتصاديـة للحـرب على الإرهاب في العـراق هـي تَركَتهـا التـي عمّقـت نفـوذ الوجـود الأجنبـي الإيراني والأمريكي، كمرحلـة أعقبـت انتهـاء حقبـة الاحـتلال الأمـريكي للعـراق بالانسـحاب الكامـل للقـوات الأمريكيـة عـام 2011، بـل أصبـح عنـوان المرحلـة التـي تلـت طـرد تنظيـم الدولـة من الأراضي العراقية.

فقـد عـادت الولايـات المتحـدة إلى العـراق بعـد ثـلاث سـنوات مـن مغادرتهـا لـه، عندمـا قـادت 85 دولـة ضمـن التحالـف الدولـي ضد داعش الـذي تشـكل في سـبتمبر عـام 2014[20]. أمـا إيـران فإنهـا سـبقت الولايـات المتحـدة بشـهرين في الانضمام إلى الجهـود الأمنيـة العراقيـة لمحاربـة الإرهـاب، وعـادة مـا يؤكـد الإيرانيـون «أنـه لـولا الدعـم الإيـراني لكانـت بغـداد الآن محتلـة مِـن قِبَـل داعـش»[21]، وفـوق هـذا

---

19. أحمـد أبـو العينـين وماهـر شـميطلي، العـراق يعلـن النـصر النهائـي على الدولـة الإسلامية، رويترز (ديسمبر 2017).
https://shortest.link/oQWn

20. 85 شريكًا اتحدوا لتأكيد هزيمة داعش المحققة، التحالف الدولي، الموقع الرسمي للتحالف. https://2u.pw/PUNJow

21. لاريجاني، أمريكا كانت تتفرج عندما انبرت إيران لدعم الحرب ضد داعش، وكالة أنباء التقريب (طهران، 30 يونيو 2017). https://2u.pw/K1sSw8

وذلـك هنـاك طيـف كبـير مـن السياسـيين في العراق يـرون أن إيـران شريـك أكثر جـدارة بالثقـة مـن الولايـات المتحـدة[22]، الأمـر الـذي يبرر تسـامحهم مـع النفـوذ الإيراني في العراق في تلك المرحلة.

الصراع الأمريكي-الإيراني في العراق

بعـد طـرد تنظيـم الدولـة (داعـش) اشـتعلت معركـة بين طهـران وواشـنطن وكان مسرحهـا العـراق، فالولايـات المتحـدة تـخشى سـعيَ إيـران إلى السـيطرة على العـراق وسـوريا، ومـن ثـم إنشـاء ممـر يمتـد مـن طهـران إلى جنـوب لبنـان»[23]، واكتفـت واشـنطن بمراقبـة الأحـداث لكنهـا غيّرت مـن تكتيكاتهـا وأخـذت بتشـديد حـدة الحـرب غير المعلنـة مـع طهـران على الأرض العراقيـة إثر فـوز دونالد ترامب برئاسة الولايات المتحدة عام 2017[24].

وبلغـت ذروة الحـرب غير المعلنـة بين واشـنطن وطهـران بعـد إقدام الرئيـس الأمـريكي دونالـد ترامـب على اغتيـال اثنين مـن كبار القـادة الأمنيـين، أحدهما إيـراني والآخـر عراقـي، هما قائـد فيلـق القـدس الـجنرال قاسـم سليماني والمسـؤول الأهـم والأبـرز في الحشـد الشـعبي العراقي أبـو مهـدي المهنـدس بواسـطة طائـرات مـسيرة استهدفت السيارة التي كانت تقلّهما في طريق مطار بغداد في يناير 2020[25].

---

22. سجاد جيـاد، «اختيـار العـراق الصّعـب مـا بين إيـران وأمريكا»، مركـز البيـان للدراسـات والتخطيـط (بغـداد، 9 يناير 2021). https://2u.pw/eZnauy.

23. جيمـس جيفري، وائـل الزيـات، «التركيـز على أهـداف واضحة لاحتواء إيـران في العراق وسـوريا»، معهد واشـنطن لسياسة الشرق الأدنى (11 أغسطس 2017). https://2u.pw/s91DQX.

24. أمينـة داخل شـلش التميمي، «سياسـة الرئيـس ترامـب تجـاه العـراق 2017 – 2021»، مجلـة العلـوم الإنسانية والطبيعية (بغداد، 1 يناير 2021). https://2u.pw/uJvBpe.

25. سجاد جياد، مصدر سابق.

تسببت الحادثة في أزمة سياسية غير مسبوقة بين واشنطن وبغداد وصوّت البرلمان العراقي على قرار يقضي بإخراج القوات الأمريكية[26]. وحاولت طهران توظيف الفواعل الثانوية في حربها ضد واشنطن على الأرض العراقية، فظهر أيام حكومة عادل عبد المهدي والكاظمي أكثر من 27 عنوانًا لفصيل مسلح يتبنى العمليات المسلحة الصاروخية والعبوات الناسفة تجاه أرتال التحالف الدولي، والقواعد العسكرية العراقية التي تحتضن مراكز التنسيق المشترك مع المستشارين الأمريكيين، وبات عمل هذه المجموعات المسلحة خطرًا على سيادة الدولة العراقية ومحددًا لنفوذها، وتحتاج مواجهتها من قبل الحكومة إلى تفكيك الأسباب المنشئة لها، وهذا ما لا يمكن لحكومة الكاظمي القيام به[27].

الصورة الثانية: الحراك الشعبي

في عام 2018 تم الاتفاق بين تحالف ضمّ الصدريين وتحالف الفتح على تكليف عادل عبدالمهدي برئاسة الوزراء وتشكيل الحكومة. وقد ورث عادل عبدالمهدي جملة من المشاكل والأزمات الاقتصادية والأمنية ومعادلة جيوسياسية صعبة، ولكنه في الوقت ذاته ورث دولة منتصرة، ومجتمعًا أكثر استقرارًا مع تراجع الاستقطاب الطائفي وتصاعد الثقة في القوات المسلحة؛ ولكن المجتمع العراقي بمختلف مكوناته كان له رأي آخر.

لم تتمكن حكومة عادل عبدالمهدي من استيعاب تطلعات الجماهير العراقية وفهم أماني جيل ما بعد النصر، وأخفقت في معالجة أهم المشكلات التي تعانيها البلاد؛ وأبرزها سوء الخدمات الأساسية المقدَّمة والارتفاع الحادّ في

26. العراق: البرلمان يصادق على حكومة جديدة برئاسة مصطفى الكاظمي، فرانس 24 (7 مايو 2020).
https://2u.pw/2Dwez6

27. حسين علاوي، التقرير الاستراتيجي لمركز الرافدين للحوار، الأمن والدفاع في العراق (بغداد، 2020)، ص 119.
https://2u.pw/omyHxu

نسـبة البطالـة وانسـداد الأفـق السـياسي، وهـي المشـكلات التـي أدت إلى انـدلاع سلسـلة احتجاجـات بلغـت ذروتهـا في أكتوبـر 2019 لتتسـع بشـكل غير مسـبوق[28]. وتسـارعت الاحتجاجـات واتسـعت لتشـمل طلبـة مـدارس بغـداد وعـدد مـن محافظـات الوسـط والجنـوب وكلياتها وجامعاتهـا، ولم يمـضِ شـهر على التظاهـرات حتى سُجّل مقتل العشرات من المتظاهرين[29].

كادت الاحتجاجـات العارمـة أن تأخـذ العراق إلى مصـير مُشـابهٍ لسـوريا أو اليمـن، لكـن طبيعـة النظـام البرلماني للعراق ومرونتـه منعـه مـن الانزلاق إلى سـيناريو الربيـع العـربي، وتشتت زخـم الاحتجاجـات الشـعبية بسـقوط حكومـة عـادل عبدالمهدي وتكليف مصطفى الكاظمي بتشكيل حكومة جديدة.

وأسـهمت الاحتجاجـات السياسـية في تغيـير معادلـة السـلطة في العـراق بظهـور قـوى سياسـية جديـدة، وكذلـك سـاعدت في دخـول الاحتجاجـات الشـعبية المبـاشرة وسـيلةً مهمـة مـن وسـائل التغـيير في ظـل فضـاء الحريـات التـي كفلهـا الدستور العراقي.

الصورة الثالثة: الانسداد السياسي

أصبحت ظاهـرة الانسـداد السياسـي ملازمـة لمفاوضـات تشـكيل معظـم الحكومـات العراقيـة، فبـدلًا مـن أن يتراجـع الانسـداد بعـد كل دورة برلمانيـة بحكـم تراكـم الخبرات، حـدث العكـس. إذ تعاظـم الانسـداد وتحـول إلى أزمـة تكاد تعصـف بالعمليـة السياسـية برُمّتهـا. هذا مـع وجـود أسـباب غير مباشرة للانسـداد السـياسي، وهـي بنيـة الأحـزاب السياسـية العراقيـة واختلاف توجهـات

---

28. دينـا علي (ترجمـة)، تصاعد موجـة التغيير في العـراق: «تقييم الحراك الشعبي الـذي يشـهده العـراق منذ عام 2018»، مبادرة الإصلاح العربي (25 نوفمبر 2019). https://shortest.link/pYhZ

29. حسـين النـاصر وعلي جاسـم السـواد، بعـد مـرور ثلاثـة أعوام على انطلاقهـا (واع) تسـتذكر تظاهـرات تشريـن وانعكاساتها على الواقع السياسي، وكالة الأنباء العراقية (بغداد، 30 سبتمبر2022). https://shortest.link/pY65

زعمائها وتصلب مواقفهم. لكن السبب المباشر هو نتائج الانتخابات التي يتقارب فيها عدد المقاعد للكتل السياسية الشيعية بسبب عزوف الشارع عن المشاركة، بالإضافة إلى ضعف تأثير الكتل السنية وتشتت قرارها، وتذبذب العلاقة الشيعية مع القوى الكردية[30].

وبالرغم من سعي القوى السياسية إلى تجديد خطابها قبيل انتخابات عام 2018[31] فقد جاءت النتيجة معاكسة. فالانسداد بلغ ذروته، وفي الانتخابات المبكرة عام 2021 تحول الانسداد السياسي من صراع إرادات إلى احتجاجات شعبية وعصيان واعتصامات مفتوحة وصدام مسلح كان الأخطر منذ بداية أول انتخابات عام 2005. ولم يتمكن العراق من عبور الانسداد الأصعب من نوعه إلا بعد انسحاب الصدر من المشهد السياسي ونجاح تحالف إدارة الدولة، وهو الأوسع منذ انطلاق العملية السياسية في تشكيل حكومة محمد شياع السوداني.

الصورة الرابعة: الانفتاح الخارجي

حاولت الحكومات المتعاقبة على العراق العودة به إلى ممارسة دور إقليمي يتناسب مع مكانته وميزاته الجيوسياسية، فقد نجح نوري المالكي في استضافة قمة بغداد، وحاول العبادي الانفتاح على دول الخليج، وسعى عبد المهدي إلى التقارب مع مصر والأردن. ولكن مصطفى الكاظمي راهن على العامل الخارجي في تعزيز مركزه الداخلي أكثر من أي رئيس وزراء آخر[32].

---

30. خالد عليوي العرداوي، ماذا بعد مرحلة عادل عبد المهدي، مركز الدراسات الاستراتيجية- جامعة كربلاء، (16 سبتمبر 2019). https://shortest.link/oQu4

31. علي عدنان محمد، الانتخابات العراقية لعام 2018: ثلاث ملاحظات تشكّك في فعالية الحكومة الآتية، معهد واشنطن لسياسة الشرق الأدنى، (29 مارس 2018). https://2u.pw/aDvPrV

32. العراق: البرلمان يصادق على حكومة جديدة برئاسة مصطفى الكاظمي، فرانس 24 (7 مايو 2020.) https://2u.pw/2Dwez6

عمـل الكاظمـي على اسـتثمار قدرتـه في التنقـل بين أقطـاب المثلـث الإيراني-السعودي-الأمريكي كي يلعـب دورًا سياسيًّا يضمـن لـه النجاح في الورقـة الخارجية، لكـن مسـاعيه ظلّـت حبرًا على ورق، وخصوصًا مـع تزايـد عـدد الفصائـل المسـلحة ونشـاطها وتصاعد حـدة الصراع الداخلي، إلى درجـة تحولـت فيهـا شـوارع بغـداد إلى سـاحة لاسـتعراضات الميليشـيات والجماعـات المسـلّحة التـي تنفـذ أعمالًا خـارج القانون وتعتدي على الممتلكات الخاصّة[33].

وقد نجـح الكاظمـي في تسـويق أكثر مـن مبـادرة خارجيـة أهمّها «الشـام الجديـد» و»مؤتمـر بغـداد للحـوار»، بالإضافـة إلى التوسـط لجعـل بغـداد مقرًّا للحـوار السـعودي-الإيراني. وربمـا كان يطمـح لمحـاكاة النمـوذج العمـاني؛ أي الدخـول كطـرف محايد وسـط صخب الصراعـات في المنطقة، وهـو أمر صعب للغايـة، لكنـه يتوافـق مـع التوجـه العـام لأطراف الصراع التـي اختـارت التوجـه نحـو الحـوار والبحث عن أرض محايدة، وقد عمل العراق على توفير هذه المساحة ومازال.

واليـوم يؤكـد رئيـس الـوزراء العراقـي محمـد شـياع السـوداني دورَ العـراق في التقـارب الإيراني-السـعودي ويقـول «إن العـراق مـارس دورَه الريـاديَّ المعتـاد في لمِّ شـمل الـدول العربيـة ومنْـع الخلافـاتِ الإقليميـة» وينتهـج العـراق بحسـب السـوداني «دبلوماسـيّة الحـوار والتكامـل العـربي، التـي كان لهـا أثـر ملمـوس في التطـورات الإيجابية التي تشهدها المنطقة»[34].

<hr>

33. إياد العنبر، عامٌّ على حكومة الكاظمي.. جردة حساب، موقع الحرة (16 مايو 2021). https://2u.pw/qvIFzh

34. محمـد شـياع السـوداني، رئيـس وزراء العـراق، قمـة جـدة... فرصـة ذهبيـة للجامعـة العربيـة لريـادة المشـهد، جريدة الشرق الأوسط (17 مايو 2023).

ثالثًا- العراق ودوره بوصفه عامل استقرار وتوازن في المنطقة

يعدّ موقع العراق الجيوستراتيجي شديد الأهمية، وتتمثل هذه الأهمية في وقوعه في ملتقى طرق المواصلات التي تربط قارات العالم القديم، وبفضل هذا الموقع أصبح للعراق مكانة مهمة في العالم من الناحيتين العسكرية والدولية[35]. أمّا سياسيًّا فيُعدّ العراق، في تقدير عدد من الخبراء، الرقم الأصعب في مجمل المعادلات الاستراتيجية التي شهدتها ولا تزال تشهدها المنطقة العربية والشرق أوسطية[36]، كما يُعدُّ العراق منبعًا حضاريًّا، إذ يتمتع بالكثير من الإمكانات والكفاءات البشرية المتخصصة عبر العصور، إضافة إلى القدرات المالية نتيجة وجود الثروة النفطية الضخمة[37].

وقد عانى هذا البلد الكثير من المشكلات والأزمات لفترات طويلة، مع ما رافق ذلك من استبداد السلطة بصورة مقترنة مع ظاهرة سوء استغلال الأنظمة السياسية المتعاقبة لثرواته الطبيعية والبشرية[38]، الأمر الذي جعل دوره الإقليمي يتراوح بين أن يكون عامل استقرار في بعض الأوقات، وعامل زعزعة

---

35. محمد كريم كاظم، مصطفى فاروق مجيد، العراق ومنطقة الخليج العربي سباق المكانة والدور الإقليمي، مجلة دراسات دولية (العدد 66، 3 يوليو 2016)، ص 54. https://2u.pw/H1h3MoJ

36. هاني خلاف، الرئيس السابق لبعثة الجامعة العربية في العراق، خواطر وتساؤلات حول قمة بغداد، صحيفة الأهرام (25 مارس 2012).

37. أحمد شكارة، تداعيات حربي أفغانستان والعراق على منطقة الخليج العربي (أبوظبي: مركز الإمارات للدراسات والبحوث الاستراتيجية، 2005)، ص 22- 23.

38. أحمد شكارة، المصدر نفسه، ص 22-23.

وعــدم اسـتقرار في أوقـات أخــرى، وسـنحاول دراسـة واقـع العـراق بوصفـه عامـل عـدم اسـتقرار، وبوصفـه عامـل اسـتقرار في المنطقـة مـن خلال التوجهـات السياسـية والقرارات المصيرية والأحداث الكبرى.

المشهد الأول: العراق بوصفه عاملًا لزعزعة الأمن في المنطقة

مثّـل العـراق عامـل عـدم اسـتقرار في المنطقـة لأكثر مـن حقبـة زمنيـة نتيجـة لجملة عوامل حكمت السياسة العراقية خلال تلك الحقب وهي:

الحقبة الأولى: ما قبل احتلال العراق في إبريل 2003

1. العامـل الأيديولوجـي: كانـت الانقلابـات المتتاليـة والصـراع علـى السـلطة وصـراع الأيديولوجيـات القوميـة والبعثيـة والشـيوعية والإسلاميـة مـن أهـم ملامـح صـورة العـراق الحديـث، وكانـت سـببًا في انعكـاس الأزمـات التـي عاشـها علـى النظـام الإقليمـي العربـي بحكـم المميزات الجيوسياسـية لهـذا البلـد، فقـد خرجـت بغـداد مـن الانقلابـات المتعاقبـة إلى الحـروب المتتالية إلى التوسع في النفوذ[39].

2. الطموحـات الجيوسياسـية: إن مـا عانـاه النظـام الإقليمـي العربـي مـن شـبه انهيـار وضعـف واضحيـن، كان العـراق أحـد أهـم أسـبابه، منـذ الحـرب العراقيـة-الإيرانيـة عـام 1980، ثـم دخـول القـوات العراقيـة إلى الكويـت عـام 1990 وإعلانـه ضمّهـا والبحـث عـن تحالفـات تضمـن توسع مناطق نفوذ العراق[40].

---

39. محمد كريم كاظم، مصطفى فاروق مجيد، مصدر سابق، ص 76.

40. جين كينينمونـت وآخـرون، العـراق علـى السـاحة الدوليـة السياسـة الخارجيـة والهويـة الوطنيـة في المرحلـة الانتقاليـة (أبوظبي: مركز الإمارات للدراسات والبحوث الاستراتيجية، سلسلة دراسات عالمية، العدد 126، 2014)، ص 32.

3. تبايـن عوامـل القـوة والثـروة مـع دول الخليج: تحـول العـراق خـلال العقديـن الأخيريـن مـن القـرن الماضي إلى مصـدر تهديـد لـدول الخليـج العربيـة، خصوصًا بعد امتلاكه أسـلحة اسـتراتيجية واسـتخدام جيشـه القـوي في احتـلال دولـة عربيـة مجـاورة، هـي الكويـت عـام 1990، الأمـر الـذي حولـه مـن عامـل حمايـة إلى عامـل تهديـد للـدول العربيـة، ونتيجـة لأحـداث عـام 1990 وليـس عـام 2003 بـات العـراق خـارج الحسـابات الخليجيـة، بوصفـه قـوة عربيـة إقليميـة يمكـن الارتـكاز عليها في معادلة توازن القوى في المنطقة[41].

4. غيـاب الديمقراطيـة: مثّـل كونُ العراق دولـةً شـموليةً تتسـلح بأيديولوجية صلبـة وجيـش قـوي وحاكـم مسـتبد عامـلَ تهديـدٍ وعدم اسـتقرار لـدول الخليـج التـي لا تمتلـك هـذه المقومـات. إن أحـداث عقـود الحقبـة الصدّاميـة الممتـدة مـن 1979 إلى 2003 كانـت مدمرة لإنجـازات العقـود الخمسـة الأولى مـن عمـر الدولـة العراقيـة الحديثة، التـي كانـت تتمتـع بحكم ملكي دستوري، هو أقرب ما يكون إلى الديمقراطي[42].

الحقبة الثانية: ما بعد احتلال العراق في إبريل 2003

1. عـدم الاسـتقرار الداخلـي (التوتـرات الطائفيـة والعرقيـة): اتسـم النظـام السياسـي في العـراق بعـد عـام 2003 بعـدم الاسـتقرار مدفوعًا بمجموعـة متنوعـة مـن العوامـل، بمـا في ذلـك، على سـبيل المثـال لا الحصـر التوتـرات العرقيـة والطائفيـة، والتحديـات الأمنيـة التـي خلقتهـا الجماعـات الإرهابيـة

41. محمد كريم كاظم، مصدر سبق ذكره، ص 76.

42. محمـد علي الـداوود، «السياسـة الخارجيـة العراقيـة واقتراحـات لتوصيف العمـل الدبلوماسي العراقـي» ورقـة مقدمـة إلى المؤتمـر السـنوي بقسـم الدراسـات السياسـية، بيـت الحكمـة، اسـتراتيجية دولـة العراق بعد الانسـحاب الأمريكي (بغداد، 2011)، ص 2-3.

والميليشيات والعصابات، وبقايا فلول النظام السابق[43]. مثّلت هذه العوامل مصدر قلق وإزعاج وعدم استقرار بالنسبة إلى دول الخليج[44].

2. ضعف بنية الدولة: إن ضعف الدولة العراقية وتدهور الأوضاع الأمنية والسياسية جعل شبح تقسيم العراق إلى دويلات عدة أمرًا متوقعًا، وهو يمثّل مصدر قلق، وحالة من عدم الاستقرار والتوتر في دول مجلس التعاون الخليجي خشية أن يثير التقسيم تطلعات الأقليات الشيعية في دول المجلس وطموحاتها، ويدفعها إلى المطالبة بالحصول على مكاسب سياسية واقتصادية[45].

3. الإرهاب: كان ولا يزال الإرهاب العدوَّ الأول للعالم المتمدن، وقد تسابقت التنظيمات الإرهابية في الدخول إلى العراق بعد احتلاله. لكن مع انسحاب القوات الأمريكية في عام 2011، وتداعيات الأزمة السورية التي بدأت في مارس 2011، تصاعدت موجة الإرهاب من جديد بشكل أكثر بشاعة وعاد العراق ليمثّل أحد مصادر التهديد لأمن الخليج العربي من جديد[46]، قبل أن يتمكن من حسم معركته مع الإرهاب عام 2017.

المشهد الثاني: العراق بوصفه عامل استقرار في المنطقة

يُجمع الكثير من الخبراء على أن العراق يمثّل اليوم مصدر استقرار في المنطقة، وقد أثبتت خبرة التاريخ أن العراق عامل مهم في استقرار المنطقة وفق جملة من العوامل أبرزها:

43. نوفل الحسن مدير مكتب رئيس الوزراء الأسبق حيدر العبادي «مرة أخرى، العراق عند مفترق طرق» معهد الشرق الأوسط (واشنطن 3 مايو 2021). https://shortest.link/q1Z7

44. عبد الفتاح علي السالم الرشدان، الأمن الخليجي مصادر التهديد واستراتيجية الحماية (الدوحة: مركز الجزيرة للدراسات/ بيروت: الدار العربية للعلوم ناشرون، 2015)، ص 96.

45. عبد الفتاح علي السالم الرشدان، المصدر نفسه، ص 74.

46. عبد الفتاح علي السالم الرشدان، المصدر نفسه، ص 76.

1. المكانـة الجيوسياسـية والـدور التاريخـي للعـراق: منح الموقـع الجغـرافي المتميـز للعـراق فرصـة تاريخيـة لممارسـة دور مؤثـر في منطقـة الخليـج العـربي والشرق الأوسـط عمومًـا[47]، وكان العـراق الملـكي، وفي بعـض الحقـب الجمهوريـة دولـة مركزيـة ومحوريـة في منطقـة الشرق الأوسـط والعـالم العـربي يرتبـط بعلاقـات حسـنة عمومًـا مـع جيرانـه كافـة، كما كان في معظـم تلـك المرحلـة يمتلـك كادرًا دبلوماسيًّا يُعـدّ الأفضـل في المنطقـة مكَّنـه مـن أن يلعـب دورًا محوريًّـا في الإسـهام في معالجـة أزمات الدول المجاورة وبناء علاقات ممتازة مع الدول الغربية[48].

2. الرؤيـة الأمريكيـة لمكانـة العـراق: أرادت الولايـات المتحـدة أن تعيـد إلى العـراق مكانتـه بوصفـه حليفًـا إقليميًّـا داعمًـا للمخططـات والسياسـات الأمريكيـة في الخليـج العـربي، فضلًـا عـن إمكانيـة وقوفـه بوجـه إيـران بعـد استعادة مكانتـه إقليميًّـا وبمسـاعدة أمريكيـة، وذلـك انطلاقًـا مـن احتماليـة وجـود قواعـد عسـكرية في العـراق تؤمّـن ذلـك ووجـود حكومـة لا تعـارض السياسـات الأمريكيـة على أقـل تقديـر؛ إن لم تكـن داعمـة لهـا[49]، وهـذا مـا حاولـت حكومـة مصطفى الكاظمـي العمـل باتجاهه، أما السوداني فإنه يحاول أن يمسك العصا من المنتصف.

3. اعتـدال السياسـة الخارجيـة للعـراق وسِلْميتها: فقـد حـرص قـادة العـراق بعـد 2003 على إظهـار الجانـب السلمي في السياسـة الخارجيـة، فقـد حـدد الدسـتور العـراقـي قيمًـا يلتزمهـا العـراق في سياسـته الخارجيـة وهـي مراعـاة مبـادئ حسـن الجـوار، وعـدم التدخـل في الشـؤون الداخليـة

---

47. محمد كريم كاظم، مصطفى فاروق مجيد، مصدر سبق ذكره، ص 48.

48. محمد علي الداوود، مصدر سبق ذكره، ص 2-3.

49. محمـد وائـل القيسي، مكانة العراق في الاستراتيجية الأمريكية تجاه الخليج.. دراسـة مسـتقبلية (الدوحـة: مركـز الجزيرة للدراسات/ بيروت: الدار العربية للعلوم ناشرون، 2013)، ص 269.

للـدول الأخـرى، والسـعي إلى حـل النزاعـات بالوسـائل السـلمية ومنع انتشـار أسـلحة الدمار الشـامل واستخدامها، ومحاربـة الإرهاب بجميع أشـكاله[50]، فالمبـدأ الأسـاس في السياسـة الخارجيـة العراقيـة أصبح يقـوم على العلاقـات الطبيعيـة والسـليمة مـع كل دول المنطقـة، وعلى ازدهـار العلاقات التجارية والثقافية مع المجتمع الدولي[51].

4. تراجُـع النفـوذ الإيرانـي: نتيجـة أسـباب داخليـة وخارجيـة قـررت طهران تغييـر واحدة مـن أهـم استراتيجياتها الفاعلـة في العراق، والابتعـاد عـن التدخـل المبـاشر في مجريـات العمليـة السياسـية الداخليـة بمـا في ذلك تشكيل الحكومات[52].

5. حاجة المنطقة إلى دور إقليمـي للعراق: إن الحاجـة إلى دور إقليمـي للعراق تبلـورت بعـد اشـتداد حـدة التنافـس والصراع بين مثلـث القـوى الموجـودة في منطقـه الخليـج العربـي، الولايـات المتحـدة بصفتها فـاعلًا دوليًـا، وإيـران بصفتها قـوةً إقليميـة تطمـح إلى اسـتعادة مكانتها الإقليميـة، أما الطرف الثالـث فيتمثَّـل في منظومـة مجلـس التعاون الخليجـي بقيـادةٍ سـعودية تحـاول الدخـول منفـردةً طرفًـا فـاعلًا في هـذا الصراع والبروز بوصفها قوة إقليميـة، بـروزًا يمكِّنهـا مـن قيـادة تحالـف إقليمـي والاسـتغناء عـن المظلـة الأمريكيـة[53]. وقـد تضمـن البيـان الختامـي لـقمة جدة للأمن والتنمية ترحيبًـا بالدور الإيجابي للعراق تسهيلًا للتواصل وبناءً للثقة بين دول المنطقة[54].

---

50. غانم علوان الجميلي، السياسة الخارجية، (بيروت: وزارة الخارجية العراقية، الدائرة الصحفية، 2013)، ص 28.

51. جين كينينمونت وآخرون، مصدر سبق ذكره، ص 32.

52. شيماء محمـد، هـل فقـدت إيـران نفوذهـا في العـراق، البيت الخليجـي للدراسـات والنشر، (15 سبتمبر 2022).
https://2u.pw/7inJFw

53. محمد كريم كاظم، مصطفى فاروق مجيد، مصدر سبق ذكره، ص 73.

54. البيـان الختامـي لقمـة دول مجلـس التعـاون لـدول الخليـج العربـي والأردن ومصر والعـراق والولايـات المتحـدة، جريدة أم القرى (الرياض، 16 يوليو 2022). https://2u.pw/15QgB3.

رابعًا- خيارات المستقبل.. وتأثير دور العراق عربيًا وخليجيًا وشرق أوسطيًا

في ظل هذه المرحلة التي وصلت فيها دول المنطقة إلى حالة الوئام و»تصفير الأزمات«، والاتجاه نحو «خفض التصعيد» والتطبيع مع إيران وإعادة سوريا إلى وضعها الطبيعي يكون من المنطقي والمفيد الاتجاه نحو فك العزلة عن العراق وإعادته إلى دوره المهم في النظام الإقليمي العربي والخليجي الذي كان عليه قبل تسعينيات القرن الماضي. والعراق بوضعه الحالي يمكن أن يكون عامل توازن واستقرار عربيًا وخليجيًا وشرق أوسطيًا وفق عناصر القوة التي يمتلكها في ملفات عدة أبرزها:

1. الحرب على الإرهاب

منذ تفجير مقر الأمم المتحدة في أغسطس 2003، والذي أودى بحياة المبعوث الدولي في بغداد سيرجيو دي ميلو، شكل العراق حائط الصد الأول أمام الإرهاب الدولي، بمختلف أجياله وأنماطه ووسائله، ففي عام 2014 حفزت الحكومة العراقية المجتمع الدولي لتشكيل تحالف دولي بُغية زيادة التعاون والتنسيق الأمني لمواجهة الإرهاب[55]. وفي عام 2015 أنشأ العراق مع كل من روسيا وسوريا وإيران مركزًا معلوماتيًا بهدف جمع المعلومات التي تخص الجماعات الإرهابية ومعالجتها وتحليلها[56]، واليوم لا يمتلك العراق استراتيجية وطنية لمواجهة الإرهاب والتطرف العنيف فحسب، بل يمتلك كذلك تنسيقًا عاليَ المستوى مع الناتو

---

55. العراق والحرب على الإرهاب، وزارة الخارجية العراقية، الموقع الرسمي للوزارة https://2u.pw/w3DYfy

56. تضم روسيا وإيران.. غرفة عمليات مشتركة في بغداد ودمشق، أورينت نت (25 سبتمبر 2015). https://2u.pw/4srZWb

والولايـات المتحـدة، وخبرة عمليـة واسـعة، وأجهـزة متمرسـة على مواجهـة الإرهابـيين وقـادرة على تـوفير الدعـم والمعلومـات؛ ولاسـيما بعـد تطـور تكتيـكات الجماعـات الإرهابيـة بشـكل كبـير[57]. ويمكـن أن تكـون محاربـة الإرهاب نافذة للتعاون الإقليمـي يكون للعراق فيها دورٌ قياديٌّ مؤثرٌ بالتعاون مع دول الجوار العربي.

2. الأمن الإقليمي في الخليج والشرق الأوسط

شـكّلت مسـألة الأمـن الإقليمـي للخليج العربـي أو أمـن الخليج الهاجـس الأكبر لـدول المنطقـة وللقـوى الكـبرى وللعـراق دوافعـه في اسـتقرار الامـن في الخليج، إذ مازالـت دول الخليـج تشـكو نقصًـا حـادًّا في التنسـيق العربـي الخليجـي الإقليمـي؛ خصوصًـا في مـا يتعلـق بتوفـير الأمـن وحمايـة المنطقـة الغنيـة بـالثروات الطبيعيـة والنفط. ولقـد مثلـت القـوى الخارجيـة، وخصوصًـا الولايـات المتحـدة الأمريكيـة الخيار المطـروح لهـذا الهـدف، لكـن مـا تشـهده المنطقـة مـن توتـرات وأزمـات مسـتمرة جعل الكـثير مـن دولهـا تشـكك في مصداقيـة السياسـة الأمريكيـة[58]، لذلك اتجهـت دول الخليج نحـو مفهـوم خاص لأمنهـا القومي يركّـز بالدرجـة الأولى على البعد العسـكري والقـدرة الدفاعيـة[59]. وبالرغـم مـن قلقهـا مـن العـراق، فإنـه يمكـن لـدول الخليـج العربـي الاسـتفادة مـن المميـزات الجيوسياسـية التـي يتمتـع بهـا، وإدخالـه في منظومتهـا الأمنيـة الدفاعيـة؛ ولاسـيما إذا تمكـن قـادة العـراق مـن اسـتثمار عناصـر القـوة التـي يمتلكونهـا لمصلحـة الأمـن والاسـتقرار في الخليـج أولًا، وفي الشرق الأوسـط عمومًـا؛ ولاسـيما مـع ترسُّـخ قناعـة عراقيـة بـأن «أمـن الخليـج العربـي وسلامتـه هـو مِن أمـن وسلامـة العراق، وأمن العراق وسلامته هو من أمن وسلامة الخليج»[60].

---

57. جاسـم محمـد، مكافحـة الإرهاب دوليًـا ومحليًـا.. القواعـد الأساسـية، المركـز الأوروبي لدراسـات مكافحـة الإرهـاب والاستخبارات (6 يناير 2023). https://2u.pw/zD12kj.

58. عبد الفتاح علي السالم الرشدان، مصدر سبق ذكره، ص 13.

59. المصدر نفسه، ص 31.

60. جـواد الهنـداوي، أمـن العـراق وأمـن الخليج: بمناسـبة مذكرة التفاهـم الموقّعـة بين العـراق وبين مجلس التعـاون الخليجي، رأي اليوم (27 إبريل 2019)، https://2u.pw/CtCbXy.

3. القناة الجافة (طريق التنمية)

يسعى العراق بقوة لاستثمار موقعه الجغرافي للربط بين قارات العالم وتحقيق التعاون والشراكة بين الشرق والغرب عبر أراضيه، ويهدف ميناء الفاو الكبير إلى أن يكون مركزًا للنقل بين آسيا وأوروبا، وسيشمل المشروع طريقًا سريعًا وخطًّا للسكك الحديدية يطلق عليه اسم ممرّ «القناة الجافة». والمتوقع أن يكتمل مع حلول عام 2038 بتكلفة تناهزُ 20 مليار دولار ويمتد إلى الحدود التركية، ما يتيح الوصول إلى ميناء مرسين وأوروبا عبر إسطنبول[61].

ومشروع طريق التنمية (القناة الجافة) ليس مهمًّا للعراق وتركيا فحسب، بل للمنطقة والعالم كذلك. فهو يربط الشرق بالغرب وهو ممرّ عالمي لنقل البضائع والطاقة[62]. فهذا المشروع سيولّد فرص عمل هائلة للعراق ودول المنطقة، كما أنه سيؤثر في الجغرافيا السياسية الخليجية. ويرى الخبراء أنّ لهذا المشروع القدرةَ على إضعاف النفوذ الإيراني في المنطقة؛ لأنه سيربط دول الخليج مباشرةً بتركيا[63].

ويحرص العراق على تنفيذ هذا المشروع بالتعاون مع جيرانه الستة؛ السعودية وتركيا وإيران وسوريا والكويت والأردن، إضافةً إلى مجموعة دول الخليج، من أجل جولات حوار وتفاهم ومشاركة استثمارية لمن يرغب من هذه الدول في تحويل المشروع إلى واقع جيوسياسي جديد يُسهم في ترابط العلاقات والمصالح، ويعود بالتنمية على منطقة غرب آسيا بالكامل[64].

---

61. بيلجاي دومان ومحمد ألاجا، ترجمة وتحرير الخليج الجديد، «مشروع القناة الجافة بين البصرة وتركيا.. رؤية طموحة طريقها وعرة، معهد دول الخليج العربية»، الخليج الجديد (23 فبراير 2023). https://2u.pw/sBI8wu

62. أهم ما جاء في المؤتمر الصحفي المشترك لرئيس مجلس الوزراء السيد محمد شياع السوداني والرئيس التركي السيد رجب طيب أردوغان، خلال زيارته إلى تركيا، وزارة الخارجية العراقية، الموقع الرسمي لوزارة الخارجية العراقية (21 مارس 2023) https://2u.pw/c5SYmj

63. المصدر نفسه.

64. طريق التنمية: العراق يطرح مشروعًا اقتصاديًا للمشاركة في نهضة المنطقة، اندبندنت عربية (17 مايو 2023). https://2u.pw/2Yo5xP

4. المشاريع الإقليمية

فرضت حالة عدم الاستقرار التي عاشتها المنطقة الحاجة إلى معادلة إقليمية تضمن الاستقرار والتوازن وقد لوّح العراق بضرورة استعادة دوره الرّياديّ إقليميًّا من خلال أكثر من مشروع أبرزها «الشام الجديد» و»مؤتمر بغداد للتعاون والشراكة» في محاولةٍ لتأسيس محور جديد في الشرق الأوسط يدعم التوجهات الاستراتيجية الأمريكية في المنطقة[65]، إذ أدركت بغداد، مثلما أدركت الدول العربية، أن دعم الاستقرار في العراق هو مصلحة لدول الجوار، وخطوة مهمّة في سبيل خفض التوتر بين دول الشرق الأوسط والخليج العربي[66].

5. إصلاح جامعة الدول العربية

يعتز العراق بأنه من الدول التي أسهمت في تأسيس جامعة الدول العربية وأول الموقعين على ميثاقها، ويرى قادة العراق اليوم أن «الجامعة العربية اليوم تحتاج إلى استراتيجية موحدة تقرّب الأواصر وتحتوي الخلافات بين الأشقاء بما يحقق الهدف المرسوم في ميثاقها»، ودعا رئيس الوزراء العراقي محمد شياع السوداني إلى توحيد الرؤى وتنمية العلاقات الاقتصادية بين الدول العربية وتجاوز عوامل الفرقة السياسية التي عطّلت التعاون العربي لسنوات طويلة[67].

وللعراق مواقف تكاد تكون ثابتة ورؤية متوازنة من الأزمات التي تشهدها المنطقة العربية، فيما يتعلق بإعادة سوريا إلى مقعدها في الجامعة

---

65. عبد علي كاظم المعموري وعطارد عوض الشريفي وآخرون، إشكالية التموضع العراقي. في جيوبوليتيك التنازع الإقليمي، مركز دالة لتحليل السياسات والاستشارات (بغداد، 2021)، ص 23.

66. حازم سالم الضمور، مؤتمر بغداد للتعاون والشراكة 2022: خطوة مهمة في طريق طويل، مركز ستراتيجيك ثنك تانك (عمان، 20 ديسمبر 2022).

67. محمد شياع السوداني، مصدر سبق ذكره

العربيـة، ودعـم جهـود الحكومـة الليبيـة في محاربـة الإرهـاب، و»رفـض التدخـل العسـكري في اليمـن واعتـماد الحوار المُـفضي إلى تشـكيل حكومـة وحـدة وطنيـة تضم جميع أطياف الشعب اليمني»[68].

6. الحوار العربي-الإيراني

منـذ قيـام حكومـة المالكـي، كان العـراق يـرى نفسـه المُؤهلَ لمبـادرة الحـوار العربي-الإيـراني المـقترح بالتعـاون مـع أطـراف فاعلـة أخـرى كـمصر والسـعودية[69]، لكـنَّ ما شـهدته المنطقة مـن تحـولات في حقبـة ما بعـد الهيمنـة الأمريكية جعلت دول الخليـج تـدرك أنهـا في حاجـة إلى مراجعـة أولوياتهـا وأدواتهـا ومحـددات تفاعلاتهـا الخارجيـة وجـدوى تهميـش العـراق وعـزل إيـران، التـي أخـذت هـي الأخرى «تبحث عن بدائل تضمن لها الخروج من وطأة الضغوط الأمريكية»[70].

دفعـت الوسـاطة التـي قـام بهـا العـراق وعُـمان كلًّا مـن السـعودية وإيـران إلى الجلـوس على طاولـة المفاوضـات، منـذ إبريـل 2021، وكان الـدور العراقـي مـهمًّا في تمهيـد الأرضيـة للاتفـاق النهـائي بعـد «إقنـاع إيـران بـأن الريـاض بحاجـة إلى التزامات واضحـة كي تتقـدم إلى الأمـام»[71]، هـذه الخطـوة ربما تعقبهـا خطـوات تجعل مـن بغـداد المكان المناسب لخـوض جـولات عربيـة جديدة، بين إيـران ودول عربيـة أخـرى، ومـن الممكـن أن تشـهد المرحلـة المقبلـة حـوارًا حضاريًـا ثقافيًـا لتفكيـك جذور التعصب المذهبي الذي عصف بالمنطقة خلال المراحل السابقة.

68. العراق والجامعة العربية، وزارة الخارجية العراقية، الموقع الرسمي للوزارة، https://2u.pw/RfeGB6

69. علي الدباغ، الحوار العربي الإيراني، جريدة الشرق الأوسط (17يناير 2008). https://2u.pw/8SiGFQ

70. كريـم شـفيق، الحوار السعودي الإيراني: خطوة إلى الأمـام خطوتـان للخلـف، موقع حفريـات (11 ينايـر2023). https://2u.pw/hitxJ9

71. Anna Jacobs, Dina Esfandiary, How Beijing Helped Riyadh and Tehran Reach a Détente, The International Crisis Group,)17 March 2023). https://bit.ly/42QGQR6

7. قوة العراق الناعمة

يمتلك العراق بعمقه التاريخي والإنساني مكانة حضارية وثقافية ووجدانية متميزة على المستويين العربي والإسلامي، لكن الواقع السياسي في المراحل السابقة كان معاكسًا لهذا تمامًا، إذ جرى اختزال قيمة العراق ودوره الإنساني في صراع طائفي لحظي دفع الآخرين إلى التركيز على هذا الصراع المقيت[72]؛ لذلك انتبه العراق اليوم إلى أهمية العمل على توظيف القوة الناعمة في استعادة دوره الريادي على مستوى المنطقة والعالم، ومثّلت استضافة البصرة لبطولة (خليجي 25) وسلسلة من الأنشطة والمهرجانات الفنية والفعاليات الاجتماعية التي استضافتها بغداد مؤشرًا واضحًا إلى تقدم علاقات العراق مع محيطه العربي، فقد كانت هذه الاستضافة، وهي الأولى منذ عام 1979، فرصةً لتحسين التقارب على المستويين الاجتماعي والسياحي بين العراق وبُلدان الخليج[73].

ونجحت، قبل ذلك، زيارة البابا فرنسيس إلى العراق في لفت أنظار العالم إلى الأهمية التاريخية والحضارية لهذا البلد، وتأكيد دوره في بناء أسس متينة للحوار، والابتعاد عن سياسة العزلة ورفض الآخر[74].

---

72. خالد عليوي العرداوي، القوة الناعمة العراقية... إهمال حكومي وفرص مهدورة، مركز الدراسات الاستراتيجية- جامعة كربلاء (16 سبتمبر 2019). https://2u.pw/dkit8

73. تقرير دولي: خليجي 25 مؤشر على تقدم علاقات العراق الخارجية، ترجمة حامد أحمد، عن: المركز العربي للدراسات في واشنطن، جريدة المدى البغدادية (14 يناير 2023) . https://2u.pw/IE9aow

74. سناء الخوري، ست خلاصات من زيارة البابا فرنسيس إلى العراق، بي بي سي نيوز عربي (8 مارس 2021). https://2u.pw/5Y9C2g

الخاتمة

لا يختلف اثنان على أننا نعيش مرحلة استثنائية تتفق فيها كل الأطراف على ضرورة إيجاد معادلة استقرار جديدة تضمن مصالح دول المنطقة سواء ضمن مساحة الشرق الأوسط أو الخليج أو المساحة العربية، إضافة إلى أن معظم دول المنطقة باتت مقتنعة أكثر من أي وقت بأن الرهان على المشاريع الأمريكية في حمايتها غير مضمون العواقب، وهذه القناعة لم تتولَّد من فراغ؛ لكنها جاءت بعد مراحل من اختلال التوازن والصراعات البينية والحروب الأهلية والمشاريع الخارجية غير المُجدية التي شهدتها مرحلة التراجع الأمريكي في المنطقة منذ تولي باراك أوباما رئاسة الولايات المتحدة الأمريكية.

والعراق الذي وَضعَه الجيوبوليتيك في موقع يؤهله للربط بين هذه المساحات كونه دولة عربية خليجية شرق أوسطية، يدرك اليوم أهمية دوره وضرورة انفتاحه على الدوائر الثلاث، ولكن صناع سياسته الخارجية يصطدمون بحاجز العزلة وعدم الثقة الذي يواجهونه في علاقاتهم مع محيطهم العربي؛ ولاسيما في العلاقات مع دول الخليج. فواقع الحال أن العراق خلال العقدين الماضيَين لم يعد يرتبط بالخليج إلا من خلال الجغرافيا وذكريات الحروب الثلاث التي حملت اسم الخليج، ولم يشفع لهذا البلد اعتراف قادته بأخطاء الحقبة السابقة وتجاوزاتها التي تميزت بالتوسع والعدوان وتسببت في أزمات المنطقة. بالإضافة إلى أن هذا الوضع المرتبك للعراق قد يعود إلى عدم وضوح الدور الإيراني في السياسة العراقية.

يحمـل العـراق اليـوم نيـات حقيقيـة للدخـول بصفتـه عامـل تـوازن واسـتقرار في المسـاحات الـثلاث، لكـن النيـات الطيبـة وحدهـا لا تكفـي لكي يـؤدي دوره المطلـوب إلا إذا تفاعلت مـع عناصر أخرى يتميـز بها العـراق؛ كموقعـه ومساحته وثرواتـه الطبيعيـة وسكانه الذيـن يتجاوزون الأربعين مليونًا، وقدرة قواته المسـلحة التي يتجـاوز تعـداد عناصرها المليـون مقاتـل، وسوقه الاسـتهلاكية التـي تتفوق على كل أسـواق المنطقـة، وكلّهـا عوامـل يمكـن توظيفهـا مـن قِبـل العـراق لكسـب ثقـة الدول المحيطة به.

لكـنَّ للعـراق نقـاط ضعـف ليسـت هيّنـة، ففيـه يضعـف القـرار السـياسي بسـبب تعقيـدات النظـام البرلماني، وفي العـراق تجاهد الدولـة مـن أجـل أن تجعل السـلاح تحـت قبضتهـا، وتحـاول إضعـاف الأصـوات المتمـردة على مشروع عروبـة العـراق الـذي أخـذ يتردد كـثيرًا في الأروقـة السياسـية العراقيـة خلال السـنوات الخمس الأخيرة.

وأمـام كل تلـك المعطيـات يجـد العـراق نفسـه أمـام ثلاثـة مشـاهد: الأول مشهد العزلة والثاني مشهد الخمول والثالث مشهد الفاعلية.

مشـهد العزلـة: وهـو مشـهد عاشـه العـراق منـذ تسـعينيات القـرن الماضي، بعـد أن خضـع للعقوبـات الدوليـة وقـرارات مجلـس الأمـن وفقـدان ثقـة محيطـه الإقليمـي على إثر اجتياح الكويـت وما تبعـه مـن تداعيات. وقـد تسـببت عزلـة العـراق في اخـتلال تـوازن القـوى لمصلحـة القـوى الإقليميـة الكـبرى؛ إيـران وتركيا وإسرائيـل، مـع تراجـع القـوى العربيـة؛ على الرغـم مـن محاولـة المملكـة العربية السـعودية ودولـة الامـارات العربيـة المتحـدة تصـدّر المشـهد الخليجـي والعربي لما تمتلكانـه مـن عوامـل للقـوة والتأثير. ولم يتمكن العـراق مـن كسر عزلته بسـهولة بعـد تغير نظامـه السياسـي وانفتاحه على العالـم الخارجي، وسيسـتمر مشـهد عزلـة العـراق إقليميًـا مـا لم تتغـير أنمـاط سياسـته الخارجيـة ويدخـل بوصفـه فـاعلًا في

الساحتين الدوليـة والإقليميـة، وهـذا يتطلب العمـل في الاتجاهـات الاقتصاديـة والأمنيـة والدبلوماسـية كلّها، مـع توظيـف القـوة العراقيـة الناعمـة وتكثيف مسـاحة التعاون مع دول الجوار الخليجي والعربي وكسب ثقتها.

مشـهد الخمـول: تميـزت السياسـة الخارجيـة العراقيـة بعـد عـام 2003 بالهـدوء والاعتـدال وحسـن النيّـات، وسـط وضـع داخلي يعـاني التشـتت وعـدم الاسـتقرار، وفضـاء خارجـي ملتهـب بالصراعـات، لكـن أقصى مـا قدمـه هـدوء الدبلوماسـية العراقيـة هـو جعـل العراق ينتقـل مـن مشـهد العزلة إلى مشـهد الخمـول، أمـام شراسـة الصراع بين القـوى الإقليمية مثل إيـران وتركيا التـي تَعَاظَم دورهـا وتأثيرهـا على حسـاب العـراق، وبين الـدول العربيـة التي استهلكت نفسـها في التنافـس على قيـادة المشـهد الإقليمـي، وإسرائيـل التـي يتغـذى أمنهـا القومـي على ضعف الدول المحيطة بها.

مشـهد الفاعليـة: لا يمكـن أن يكتسب العراق الفاعلية السياسـية في المنطقة مـن دون أن يُتقـن ضبـط المسـافات مـع الأطراف الفاعلـة في المشـهد، مـع توظيـف عوامـل القوة التـي يمتلكهـا، شرط أن يتمكّـن مـن كسـب دعـم واشـنطن وثقـة دول الجـوار العـربي على أقـل تقديـر، أي إن على الحكومـة العراقيـة أن تتقـن معادلـة التـوازن بين ضِفتـي الخليج كي تخرج مـن عنـق الزجاجـة وتنـال الـدور المطلـوب الـذي ينقـل العراق مـن مشـهد الخمـول إلى مشـهد الفاعليـة، وهـو مـا تسـعى لـه حكومـة محمـد شـياع السـوداني خلال مرحلـة خفض التصعيد التـي تعيشـها المنطقة بعد المراحل الصعبة التي مرت بها.

قائمة المراجع:

أولًا: الكتب

- أحمـد شـكارة، تداعيـات حـربي أفغانسـتان والعـراق عـلى منطقـة الخليـج العـربي (أبوظبـي: مركـز الإمـارات للدراسـات والبحـوث الاستراتيجية، 2005).

- جـمال رشـدي، الـصراع الـدولي (القاهـرة: مركـز الدراسـات السياسية والاستراتيجية، 2002).

- جـين كينينمونـت وآخـرون، العـراق عـلى السـاحة الدوليـة السياسـة الخارجيـة والهويـة الوطنيـة في المرحلـة الانتقاليـة (أبوظبـي: مركـز الإمارات للدراسـات والبحـوث الاستراتيجيـة، سلسـلة دراسـات عالميـة، العدد126، 2014).

- عبدالفتـاح عـلي السـالم الرشـدان، الأمـن الخليجـي مصـادر التهديـد واستراتيجيـة الحمايـة (الدوحـة- مركـز الجزيـرة للدراسـات/ بيروت: الدار العربية للعلوم ناشرون، 2015).

- غانـم علـوان الجميـلي، السياسـة الخارجيـة (بـيروت: وزارة الخارجية العراقية، الدائرة الصحفية، 2013).

- محمــد علــي الــداوود، «السياســة الخارجيــة العراقيــة واقتراحــات لتوصيـف العمـل الدبلومـاسي العراقـي» ورقـة مقدمـة إلى المؤتمـر السنوي بقسم الدراسات السياسية (بغداد: بيت الحكمة، 2011).

- محمـد وائـل القيـسي، مكانـة العـراق في الاستراتيجية الأمريكيـة تجـاه الخليـج.. دراسـة مسـتقبلية (بيروت: الـدار العربيـة للعلـوم نـاشرون/ الدوحة: مركز الجزيرة للدراسات، 2013).

ثانيًا: البحوث والدراسات

- آرون ماجـد، محمـد برهومـة،« كيـف تتلقـى دول الخليـج الانسـحاب الأمــريكي مــن أفغانسـتان»، مؤسسـة كارنيغـي للسـلام الـدولي (17 سبتمبر 2021). https://bit.ly/44TXkJP

- أمينـة داخـل شـلش التميمي،«سياسـة الرئيـس ترامب تجـاه العراق 2017 – 2021»، مجلـة العلـوم الإنسـانية والطبيعيـة (بغـداد: 1 ينايـر 2021). https://2u.pw/uJvBpe

- بيلجـاي دومـان ومحمـد ألاجـا، ترجمـة وتحريـر الخليـج الجديـد، «مشروع القنـاة الجافـة بين البـصرة وتركيـا.. رؤيـة طموحـة طريقها وعـرة، معهـد دول الخليـج العربيـة»، الخليـج الجديـد (23 فبرايـر 2023). https://2u.pw/sBI8wu

- جايمـس كارافانـو، «حيلـة الربيـع العـربي.. كيـف خـدع الإخـوان المسـلمون واشـنطن في سـوريا وليبيـا»، ذا ناشـيونال إنتريسـت ترجمـة موقع كيوبوست (10 نوفمبر، 2021). https://2u.pw/uq4a33

- جيمـس جيفـري، وائـل الزيـات، «التركيـز عـلى أهـداف واضحـة لاحتـواء إيـران في العـراق وسـوريا»، معهـد واشـنطن لسياسـة الشرق الأدنى (11 أغسطس 2017). https://2u.pw/s91DQX

- حسـين عـلاوي، التقريـر الاسـتراتيجي لمركـز الرافديـن للحـوار، الأمـن والدفاع في العراق، (بغداد: 2020). https://2u.pw/omyHxu

- خالـد عليـوي العـرداوي، القـوة الناعمـة العراقيـة... إهـمال حكومـي وفـرص مهـدورة، مركـز الدراسـات الاستراتيجيـة- جامعـة كـربلاء (16 سبتمبر، 2019). https://2u.pw/dkit8

- خالـد عليـوي العـرداوي، مـاذا بعـد مرحلـة عـادل عبـد المهـدي، مركـز الدراسات الاستراتيجية-جامعة كربلاء (16 سبتمبر 2019). https://shortest.link/oQu4

- دينـا عـلي (ترجمـة)، تصاعـد موجـة التغيـير في العـراق: «تقييـم الحـراك الشـعبي الـذي يشـهده العـراق منـذ عـام 2018»، مبـادرة الإصلاح العربي (25 نوفمبر 2019). https://shortest.link/pYhZ

- سـجاد جيـاد، «اختيـار العـراق الصّعـب مـا بـين إيـران وأمريكا»، مركـز البيـان للدراسات والتخطيط (بغداد: 9 يناير 2021). https://2u.pw/eZnauy

- شيماء محمـد، هـل فقـدت إيـران نفوذهـا في العـراق، البيـت الخليجـي للدراسات والنشر (15 سبتمبر 2022). https://2u.pw/7inJFw

- عبـد عـلي كاظم المعمـوري وعطـارد عـوض الشريفـي وآخرون، إشكالية التموضـع العراقـي. في جيوبوليتيـك التنـازع الإقليمـي، مركـز دالـة لتحليل السياسات والاستشارات (بغداد: 2021).

- علـي عدنـان محمـد، الانتخابـات العراقيـة لعـام 2018: ثلاث ملاحظـات تشـكّك في فعاليـة الحكومـة الآتيـة، معهـد واشـنطن لسياسـة الشرق الأدنى، (29 مارس 2018). https://2u.pw/aDvPrV

- فولكـر بيرتيـس، التحـولات الجيوسياسـية في الـشرق الأدنى والأوسـط. ربيـع الجهاديـة واندثـار المعـالم الإقليميـة الشرق أوسـطية، ترجمـة رائد الباش، موقع قنطرة (11 إبريل 2015). https://shortest.link/p45b

- كريسـتين سـميث، «لمـاذا أنهـى السـعوديون خلافهـم مـع قطـر، معهـد دول الخليـج العربيـة في واشـنطن»، مدونـة ديـوان (8 فبرايـر 2021). https://bit.ly/3M0dUz6

- مايـكل يونـغ،» كيـف يسـتقرئ خـبراء كارنيغـي تأثـير الاتفـاق السـعودي الإيـراني على مجـالات تخصّصهـم؟»، مركـز مالكـوم كير-كارنيغـي لـلشرق الأوسط (16 مارس 2023). https://bit.ly/40NQ27e

- محمـد كريـم كاظـم، مصطفـى فـاروق مجيـد، العـراق ومنطقـة الخليـج العـربي سـباق المكانـة والـدور الإقليمـي، مجلـة دراسـات دوليـة (العـدد 66، 3 يوليو 2016). 54https://2u.pw/69lWk4

- محمـد ماهـر، «بعـد عامـين مـن إطلاقهـا، اتفاقـات إبراهـام للسـلام تـؤتي ثمارهـا»، معهـد واشـنطن لسياسـة الشرق الأدنى (واشـنطن: 26 أكتوبر 2022). https://2u.pw/SZFULm

- محمـود علـوش، حـرب أوكرانيـا أعـادت تشـكيل الـشرق الأوسـط، الجزيرة نت (28 فبراير2023). https://bit.ly/3Bgz7A2

- مـروان قبـلان، صعـود تنظيـم الدولـة الإسـلامية وتحـوّلات النظـام الإقليمـي في المشرق العـربي، مجلـة سياسـات عربيـة (الدوحـة: العـدد 12، يناير 2015).https://bit.ly/3Hr7Myw

- نوفـل الحسـن مديـر مكتـب رئيـس الـوزراء الأسـبق حيـدر العبـادي «مـرة أخـرى، العـراق عنـد مـفترق طـرق» معهـد الشرق الأوسـط (واشنطن: 3 مايو2021). https://shortest.link/q1Z7

المقالات والتقارير:

- إحسـان الفقيـه، قمـة «جـدة للأمـن والتنميـة».. هـل يربـح الجميـع؟ (تحليل)، وكالة الأناضول للأنباء (إسطنبول19 يوليو2022). https://bit.ly/3Mle59N

- أحمـد أبـو العينـين وماهـر شـميطلي، العـراق يعلـن النصـر النهـائي عـلى الدولة الإسلامية، رويترز (ديسمبر 2017). https://shortest.link/oQWn

- إيـاد العنبـر، عـامٌ عـلى حكومـة الكاظمـي.. جـردة حسـاب، موقـع الحرة (16 مايو2021). https://2u.pw/qvIFzh

- البيـان الختامـي لقمـة دول مجلـس التعـاون لـدول الخليـج العربيـة والأردن ومصر والعـراق والولايـات المتحـدة، جريـدة أم القـرى (الريـاض: 16 يوليو 2022). https://2u.pw/15QgB3

- برهـان غليـون، الخليـج في قلـب العـالم، الحـوار المتمـدن، العـدد 1995، 2 أغسطس 2007، على الرابط: https://2u.pw/rpmwsED

- تضــم روســيا وإيـــران.. غرفــة عمليــات مشــتركة في بغــداد ودمشــق، أورينت نت (25 سبتمبر 2015). https://2u.pw/4srZWb

- تقريــر دولي: خليجــي 25 مــؤشر عــلى تقــدم علاقــات العــراق الخارجيــة، ترجمــة حامــد أحمــد، عــن: المركــز العــربي للدراســات في واشــنطن، جريدة المدى البغدادية (14 يناير 2023). https://2u.pw/IE9asw

- جاســم محمــد، مكافحــة الإرهــاب دوليًّـا ومحليًّـا.. القواعــد الأساسية، المركــز الأوروبي لدراســات مكافحــة الإرهــاب والاســتخبارات (6 ينايــر 2023). https://2u.pw/zD12kj

- جـواد الهنـداوي، أمـن العـراق وأمـن الخليـج: بمناسبة مذكرة التفاهـم الموقّعــة بين العــراق وبين مجلـس التعــاون الخليجــي، رأي اليــوم (27 إبريل 2019)، https://2u.pw/CtCbXy

- حــازم ســالم الضمــور، مؤتمـر بغـداد للتعــاون والشراكـة 2022: خطـوة مهمــة في طريـق طويـل، مركـز ستراتيجيـك ثنـك تانـك (عمّان: 20 ديسمبر 2022).

- حســين الناصر وعــلي جاسـم السـواد، بعـد مـرور ثلاثـة أعـوام عـلى انطلاقهـا (واع) تسـتذكر تظاهـرات تشريـن وانعكاسـاتها على الواقـع السياسي، وكالة الأنباء العراقية (بغداد: 30 سبتمبر2022)، https://shortest.link/pY65

- روعـة قفصي، هـل تنهـار اتفاقـات التطبيـع العربيـة مـع الاحتـلال وسط تراجع الدور الأمريكي؟، عربي21 (23 مارس 2023) . https://bit.ly/3n9bjuy

- سـفير ترامـب في إسرائيـل يقـول إن الرئيـس الأمريـكي السـابق كان محبوبًا هناك - الأوبزرفر، بي بي سي (13 فبراير 2022). https://2u.pw/DmXeQs

- سـناء الخـوري، سـت خلاصـات مـن زيـارة البابـا فرنسـيس إلى العـراق، بي بي سي نيوز عربي (8 مارس 2021). https://2u.pw/5Y9C2g

- طريـق التنميـة: العـراق يطرح مشروعًا اقتصاديًا للمشـاركة في نهضـة المنطقة، إندبندنت عربية، (الأربعاء 17 مايو 2023) . https://2u.pw/2Yo5xP

- العـراق: البرلمـان يصـادق عـلى حكومـة جديـدة برئاسـة مصطفـى الكاظمي، فرانس24(7 مايو 2020). https://2u.pw/2Dwez6

- عـلي الدبـاغ، الحـوار العربي الإيـراني، جريـدة الـشرق الأوسـط (17 ينايـر 2008). https://2u.pw/8SiGFQ

- عيـسى نهاري، هـل تصمـد «عقيـدة بايدن» أمـام أسـلافه؟، إندبندنـت عربية (18 فبراير 2023). https://bit.ly/3Bg6DGF

- القـرم تـروي قصـة تاريخهـا «المتجـذر» في روسـيا، وكالـة سـبوتنيك (موسكو: 19 إبريل 2023). https://2u.pw/Qvz6PZ

- كريـم شـفيق، الحـوار السـعودي الإيـراني: خطـوة إلى الأمـام خطوتـان للخلف، موقع حفريات (11 يناير2023). https://2u.pw/hitxJ9

- لاريجـاني، أمريـكا كانـت تتفـرج عندمـا انـبرت إيـران لدعـم الحـرب ضد داعش، وكالة أنباء التقريب (طهران: 30 يونيو 2017). https://2u.pw/K1sSw8

- محمـد شـياع السـوداني، رئيـس وزراء العـراق، قمـة جـدة... فرصـة ذهبيـة للجامعـة العربيـة لريـادة المشـهد، مقالـة، جريـدة الشرق الأوسط (17 مايو 2023). https://bit.ly/3BApVGJ

- هـاني خـلاف، الرئيـس السـابق لبعثـة الجامعـة العربيـة في العـراق، خواطـر وتساؤلات حول قمة بغداد، صحيفة الأهرام (25 مارس 2012).

- المواقع الرسمية

- الموقـع الرسـمي للتحالـف، 85 شريكًا اتحـدوا لتأكيـد هزيمـة داعـش المحققة، التحالف الدولي، https://2u.pw/PUNJow

- الموقـع الرسـمي لـوزارة الخارجيـة العراقيـة، العـراق والجامعـة العربيـة، وزارة الخارجية العراقية، https://2u.pw/RfeGB6

- الموقـع الرسـمي لـوزارة الخارجيـة العراقيـة، العـراق والحـرب عـلى الإرهاب، وزارة الخارجية العراقية، https://2u.pw/w3DYfy

- الموقـع الرسـمي لـوزارة الخارجيـة العراقيـة، أهـم مـا جـاء في المؤتمـر الصحفـي المشـترك لرئيـس مجلـس الـوزراء السـيد محمـد شـياع السـوداني والرئيـس التركي السـيد رجـب طيـب أردوغـان، خلال زيارتـه إلى تركيـا، وزارة الخارجية العراقية، 21 مارس 2023 https://2u.pw/c5SYmj

المراجع باللغة الإنجليزية

- Anna Jacobs, Dina Esfandiary, How Beijing Helped Riyadh and Tehran Reach a Détente, The International Crisis Group, (17 March 2023). https://bit.ly/42QGQR6

نبذة عن المؤلف

عبـاس عبـود سـالم، كاتـب وإعلامـي عراقـي، طالـب دكتـوراه في العلاقـات الدوليـة والسياسـة الخارجيـة يحمـل شـهادات أكاديميـة في الفيزيـاء وعلـم النفـس والإعلام، إضافـة إلى العلـوم السياسـية، تـولى رئاسـة اللجنـة العربيـة الدائمـة للأخبـار في اتحـاد إذاعـات الـدول العربيـة، ورئاسـة تحريـر جريـدة الصبـاح الرسـمية العراقية، ورئاسة قطاع الأخبار في التلفزيون الرسمي العراقي ومحطات تلفزيونية خاصة.

نُشرت لـه أربـع كتـب وعشرات الدراسـات والبحـوث المتخصصـة، تركـزت دراسـاته في مجـالات مكافحـة الإرهـاب وفكر الجماعـات المتطرفـة، كما يهتم بدراسـة العلاقـات الدوليـة والأمـن الإقليمـي والسياسـة الخارجيـة لـدول الشرق الأوسـط والشـؤون العراقيـة، وقـد شـارك في عشرات المؤتمـرات والـورش العربيـة والدوليـة في عواصم عربية وعالمية.